Rainer Maria Rilke

... und stille wird ein jedes Haus

Rainer Maria Rilke

… und stille wird ein jedes Haus

Weihnachtslesebuch

benno

Bibliografische Information der Deutschen Nationalbibliothek
Die Deutsche Nationalbibliothek verzeichnet diese Publikation in der Deutschen Nationalbibliografie; detaillierte bibliografische Daten sind im Internet unter http://dnb.d-nb.de abrufbar.

Besuchen Sie uns im Internet:
www.st-bennno.de

ISBN 978-3-7462-3196-9

Stammerstr. 11, 04149 Leipzig
Zusammenstellung: Volker Bauch, Leipzig
Umschlaggestaltung: Ulrike Vetter, Leipzig
Umschlagabbildung: © pictue-alliance/Bildagentur Huber
Gesamtherstellung: Kontext, Lemsel (A)

Wintermorgen

Der Wasserfall ist eingefroren,
die Dohlen hocken hart am Teich.
Mein schönes Lieb hat rote Ohren
und sinnt auf einen Schelmenstreich.

Die Sonne küsst uns. Traumverloren
schwimmt im Geäst ein Klang in Moll;
und wir gehn fürder, alle Poren
vom Kraftarom des Morgens voll.

1895

Da wechselt um die alten Inselränder
das winterliche Meer sein Farbenspiel
und tief im Winde liegen irgend Länder
und sind wie nichts. Ein Jenseits, ein Profil;

nicht wirklicher als diese rasche Wolke,
der sich das Eiland schwarz entgegenstemmt.
und da geht einer unterm Insel-Volke
und schaut in Augen und ist nichts als fremd.

Und schaut, so fremd er ist, hinaus, hinüber,
den Sturm hinein; zwar manchen Tag ist Ruh;
dann blüht das Land und lächelt noch. Worüber?
Und die Orangen reifen noch. Wozu?

Was müht der Garten sich ihn zu erheitern
den Fremden, der nichts zu erwarten schien,
und wenn sich seine Augen auch erweitern
für einen Augenblick –: er sieht nicht ihn.

Wenn er vom Vorgebirge in Gedanken
des Meeres winterliches Farbenspiel
und in den Himmeln ferner Küsten Schwanken
manchmal zu sehen glaubt: das ist schon viel.

1906

Die hohen Tannen atmen heiser

Die hohen Tannen atmen heiser
im Winterschnee, und bauschiger
schmiegt sich sein Glanz um alle Reiser.
Die weißen Wege werden leiser,
die trauten Stuben lauschiger.

Da singt die Uhr, die Kinder zittern:
Im grünen Ofen kracht ein Scheit
und stürzt in lichten Lohgewittern, –
und draußen wächst im Flockenflittern
der weiße Tag zur Ewigkeit.

1913

Winterliche Stanzen

Nun sollen wir versagte Tage lange
ertragen in des Widerstandes Rinde;
uns immer wehrend, nimmer an der Wange
das Tiefe fühlend aufgetaner Winde.
Die Nacht ist stark, doch von so fernem Gange,
die schwache Lampe überredet linde.
Lass dichs getrösten: Frost und Harsch bereiten
die Spannung künftiger Empfänglichkeiten.

Hast du denn ganz die Rosen ausempfunden
vergangnen Sommers ? Fühle, überlege:
das Ausgeruhte reiner Morgenstunden,
den leichten Gang in spinnverwebte Wege?
Stürz in dich nieder, rüttele, errege
die liebe Lust: sie ist in dich verschwunden.
Und wenn du eins gewahrst, das dir entgangen,
sei froh, es ganz von vorne anzufangen.

Vielleicht ein Glanz von Tauben, welche kreisten,
ein Vogelanklang, halb wie ein Verdacht,
ein Blumenblick (man übersieht die meisten),
ein duftendes Vermuten vor der Nacht.
Natur ist göttlich voll; wer kann sie leisten,
wenn ihn ein Gott nicht so natürlich macht?
Denn wer sie innen, wie sie drängt, empfände,
verhielte sich, erfüllt in seine Hände.

Verhielte sich wie Übermaß und Menge
und hoffte nicht, noch Neues zu empfangen,
verhielte sich wie Übermaß und Menge
und meinte nicht, es sei ihm was entgangen,
verhielte sich wie Übermaß und Menge
mit maßlos übertroffenem Verlangen
und staunte nur noch, dass er dies ertrüge:
die schwankende, gewaltige Genüge.

1926

Der Abend kommt von weit gegangen

Der Abend kommt von weit gegangen
durch den verschneiten, leisen Tann.
Dann presst er seine Winterwangen
an alle Fenster lauschend an.

Und stille wird ein jedes Haus:
die Alten in den Sesseln sinnen,
die Mütter sind wie Königinnen,
die Kinder wollen nicht beginnen
mit ihrem Spiel. Die Mägde spinnen
nicht mehr. Der Abend horcht nach innen,
und innen horchen sie hinaus.

1913

Die vierte Duineser Elegie

O Bäume Lebens, o wann winterlich?
Wir sind nicht einig. Sind nicht wie die Zug-
vögel verständigt. Überholt und spät,
so drängen wir uns plötzlich Winden auf
und fallen ein auf teilnahmslosen Teich.
Blühn und verdorrn ist uns zugleich bewusst.
Und irgendwo gehn Löwen noch und wissen,
solang sie herrlich sind, von keiner Ohnmacht.

Uns aber, wo wir Eines meinen, ganz,
ist schon des andern Aufwand fühlbar. Feindschaft
ist uns das Nächste. Treten Liebende
nicht immerfort an Ränder, eins im andern,
die sich versprachen Weite, Jagd und Heimat.
Da wird für eines Augenblickes Zeichnung
ein Grund von Gegenteil bereitet, mühsam,
dass wir sie sähen; denn man ist sehr deutlich
mit uns. Wir kennen den Kontur
des Fühlens nicht: nur, was ihn formt von außen.

Wer saß nicht bang vor seines Herzens Vorhang?
Der schlug sich auf: die Szenerie war Abschied.
Leicht zu verstehen. Der bekannte Garten,
und schwankte leise: dann erst kam der Tänzer.
Nicht *der*. Genug! Und wenn er auch so leicht tut,
er ist verkleidet und er wird ein Bürger
und geht durch seine Küche in die Wohnung.
Ich will nicht diese halbgefüllten Masken,
lieber die Puppe. Die ist voll. Ich will
den Balg aushalten und den Draht und ihr
Gesicht aus Aussehn. Hier. Ich bin davor.
Wenn auch die Lampen ausgehn, wenn mir auch
gesagt wird: Nichts mehr –, wenn auch von der Bühne
das Leere herkommt mit dem grauen Luftzug,
wenn auch von meinen stillen Vorfahrn keiner
mehr mit mir dasitzt, keine Frau, sogar
der Knabe nicht mehr mit dem braunen Schielaug:
Ich bleibe dennoch. Es gibt immer Zuschaun.

Hab ich nicht recht? Du, der um mich so bitter
das Leben schmeckte, meines kostend, Vater,
den ersten trüben Aufguss meines Müssens,
da ich heranwuchs, immer wieder kostend

und, mit dem Nachgeschmack so fremder Zukunft
beschäftigt, prüftest mein beschlagnes Aufschaun, –
der du, mein Vater, seit du tot bist, oft
in meiner Hoffnung, innen in mir, Angst hast,
und Gleichmut, wie ihn Tote haben, Reiche
von Gleichmut, aufgibst für mein bisschen Schicksal,
hab ich nicht recht? Und ihr, hab ich nicht recht,
die ihr mich liebtet für den kleinen Anfang
Liebe zu euch, von dem ich immer abkam,
weil mir der Raum in eurem Angesicht,
da ich ihn liebte, überging in Weltraum,
in dem ihr nicht mehr wart …: wenn mir zumut ist,
zu warten vor der Puppenbühne, nein,
so völlig hinzuschaun, dass, um mein Schauen
am Ende aufzuwiegen, dort als Spieler
ein Engel hinmuss, der die Bälge hochreißt.
Engel und Puppe: dann ist endlich Schauspiel.
Dann kommt zusammen, was wir immerfort
entzwein, indem wir da sind. Dann entsteht
aus unsern Jahreszeiten erst der Umkreis
des ganzen Wandelns. Über uns hinüber
spielt dann der Engel. Sieh, die Sterbenden,
sollten sie nicht vermuten, wie voll Vorwand

das alles ist, was wir hier leisten. Alles
ist nicht es selbst. O Stunden in der Kindheit,
da hinter den Figuren mehr als nur
Vergangnes war und vor uns nicht die Zukunft.
Wir wuchsen freilich und wir drängten manchmal,
bald groß zu werden, denen halb zulieb,
die andres nicht mehr hatten, als das Großsein.
Und waren doch, in unserem Alleingehn,
mit Dauerndem vergnügt und standen da
im Zwischenraume zwischen Welt und Spielzeug,
an einer Stelle, die seit Anbeginn
gegründet war für einen reinen Vorgang.

Wer zeigt ein Kind, so wie es steht? Wer stellt
es ins Gestirn und gibt das Maß des Abstands
ihm in die Hand? Wer macht den Kindertod
aus grauem Brot, das hart wird, – oder lässt
ihn drin im runden Mund, so wie den Gröps
von einem schönen Apfel? ... Mörder sind
leicht einzusehen. Aber dies: den Tod,
den ganzen Tod, noch *vor* dem Leben so
sanft zu enthalten und nicht bös zu sein,
ist unbeschreiblich.

1915

Weihnachten hat so eine Unaufhaltsamkeit im Näherkommen. Bei diesem Fest merkt man's besonders, wie das Tempo der Welt nicht mehr auf es Rücksicht nehmen mag, so ein Fest hat langsam zu kommen, wie damals als man Kind war. Da zählte man und wartete und es war trotzdem noch weit, das gehört dazu, dieser langsame Advent, nun rast man im Lebens-Schnellzug darauf zu, hält an keiner Station, und es ist nicht mal sicher, dass man in „Weihnachten" halten wird, drei Minuten vielleicht, – und weiter auf die große Stadt Neujahr zu, wo's endlich ein kleines Aussteigen gibt und Händewaschen.

An Nanny Wunderly-Volkart. 15. Dezember 1922

Es gibt so wunderweiße Nächte

Es gibt so wunderweiße Nächte,
drin alle Dinge Silber sind.
Da schimmert mancher Stern so lind,
als ob er fromme Hirten brächte
zu einem neuen Jesuskind.

Weit wie mit dichtem Demantstaube
bestreut, erscheinen Flur und Flut,
und in die Herzen, traumgemut,
steigt ein kapellenloser Glaube,
der leise seine Wunder tut.

1897

Advent

Es treibt der Wind im Winterwalde
die Flockenherde wie ein Hirt,
und manche Tanne ahnt, wie balde
sie fromm und lichterheilig wird;
und lauscht hinaus. Den weißen Wegen
streckt sie die Zweige hin – bereit,
und wehrt dem Wind und wächst entgegen
der einen Nacht der Herrlichkeit.

1898

Die Karlsbrücke ist eines der vielen Wahrzeichen von Prag. Sie verbindet die beiden Ufer der Moldau, die Altstadt und die Kleinseite. Sie wurde von Kaiser Karl IV. errichtet und zu Beginn des 15. Jahrhunderts zu Ende gebaut. Der Brückenturm auf der Kleinseite stammt noch von einem der Vorgängerbauten aus dem 12. Jahrhundert. Rainer Maria Rilke wurde am 4. Dezember 1875 in Prag geboren und besuchte dort die Volksschule.

Mariae Verkündigung

Nicht dass ein Engel eintrat (das erkenn),
erschreckte sie. Sowenig andre, wenn
ein Sonnenstrahl oder der Mond bei Nacht
in ihrem Zimmer sich zu schaffen macht,
auffahren –, pflegte sie an der Gestalt,
in der ein Engel ging, sich zu entrüsten;
sie ahnte kaum, dass dieser Aufenthalt
mühsam für Engel ist. (O wenn wir wüssten,
wie rein sie war. Hat eine Hirschkuh nicht,
die, liegend, einmal sie im Wald eräugte,
sich so in sie versehn, dass sich in ihr,
ganz ohne Paarigen, das Einhorn zeugte,
das Tier aus Licht, das reine Tier –.)
Nicht, dass er eintrat, aber dass er dicht,
der Engel, eines Jünglings Angesicht
so zu ihr neigte; dass sein Blick und der,
mit dem sie aufsah, so zusammenschlugen
als wäre draußen plötzlich alles leer
und, was Millionen schauten, trieben, trugen,

hineingedrängt in sie: nur sie und er;
Schaun und Geschautes, Aug und Augenweide
sonst nirgends als an dieser Stelle –: sieh,
dieses erschreckt. Und sie erschraken beide.

Dann sang der Engel seine Melodie.

1912

Verkündigung

Die Worte des Engels

Du bist nicht näher an Gott als wir;
wir sind ihm alle weit.
Aber wunderbar sind dir
die Hände benedeit.
So reifen sie bei keiner Frau,
so schimmernd aus dem Saum:
ich bin der Tag, ich bin der Tau,
du aber bist der Baum.

Ich bin jetzt matt, mein Weg war weit,
vergib mir, ich vergaß,
was Er, der groß in Goldgeschmeid
wie in der Sonne saß,
dir künden ließ, du Sinnende,
(verwirrt hat mich der Raum).
Sieh: ich bin das Beginnende,
du aber bist der Baum.

Ich spannte meine Schwingen aus
und wurde seltsam weit;
jetzt überfließt dein kleines Haus
von meinem großen Kleid.
Und dennoch bist du so allein
wie nie und schaust mich kaum;
das macht: ich bin ein Hauch im Hain,
du aber bist der Baum.

Die Engel alle bangen so,
lassen einander los:
Noch nie war das Verlangen so,
so ungewiss und groß.
Vielleicht, dass etwas bald geschieht,
das du im Traum begreifst.
Gegrüßt sei, meine Seele sieht:
du bist bereit und reifst.
Du bist ein großes, hohes Tor,
und aufgehn wirst du bald.
Du, meines Liedes liebstes Ohr,
jetzt fühle ich: mein Wort verlor
sich in dir wie im Wald.

So kam ich und vollendete
dir tausendeinen Traum.
Gott sah mich an; er blendete …

Du aber bist der Baum.

1899

So viele Engel suchen dich im Lichte
und stoßen mit den Stirnen nach den Sternen
und wollen dich aus jedem Glanze lernen.
Mir aber ist, sooft ich von dir dichte,
dass sie mit abgewendetem Gesichte
von deines Mantels Falten sich entfernen.

Denn du warst selber nur ein Gast des Golds.
Nur einer Zeit zuliebe, die dich flehte
in ihre klaren marmornen Gebete,
erschienst du wie der König der Komete,
auf deiner Stirne Strahlenströme stolz.

Ein Engel: ein im Himmlischen Zerstreuter,
der um dich ist, seitdem du hier erscheinst;
kaum jemals trauriger, kaum je erfreuter,
doch immer strahlender in deinem Dienst.

1899

Ich ließ meinen Engel lange nicht los
und er verarmte mir in meinen Armen
und wurde klein und ich wurde groß:
und auf einmal war ich das Erbarmen
und er eine zitternde Bitte bloß.

Da hab ich ihm seinen Himmel gegeben –
und er ließ mir das Nahe, daraus er entschwand;
er lernte das Schweben, ich lernte das Leben,
und wir haben langsam einander erkannt …

1898

Seit mich mein Engel nicht mehr bewacht,
kann er frei seine Flügel entfalten
und die Stille der Sterne durchspalten, –
denn er muss meiner einsamen Nacht
nicht mehr die ängstlichen Hände halten –
seit mich mein Engel nicht mehr bewacht.

1898

Mariae Heimsuchung

Noch erging sie's leicht im Anbeginne,
doch im Steigen manchmal ward sie schon
ihres wunderbaren Leibes inne, –
und dann stand sie, atmend, auf den hohn

Judenbergen. Aber nicht das Land,
ihre Fülle war um sie gebreitet;
gehend fühlte sie: man überschreitet
nie die Größe, die sie jetzt empfand.

Und es drängte sie, die Hand zu legen
auf den andern Leib, der weiter war.
Und die Frauen schwankten sich entgegen
und berührten sich Gewand und Haar.

Jede, voll von ihrem Heiligtume,
schützte sich mit der Gevatterin.
Ach der Heiland in ihr war noch Blume,
doch den Täufer in dem Schoß der Muhme
riss die Freude schon zum Hüpfen hin.

1912

Argwohn Josephs

Und der Engel sprach und gab sich Müh
an dem Mann, der seine Fäuste ballte:
Aber siebst du nicht an jeder Falte,
dass sie kühl ist wie die Gottesfrüh.

Doch der andre sah ihn finster an,
murmelnd nur: Was hat sie so verwandelt?
Doch da schrie der Engel: Zimmermann,
merkst du's noch nicht, dass der Herrgott handelt?

Weil du Bretter machst, in deinem Stolze,
willst du wirklich den zur Rede stelln,
der bescheiden aus dem gleichen Holze
Blätter treiben macht und Knospen schwelln?

Er begriff. Und wie er jetzt die Blicke,
recht erschrocken, zu dem Engel hob,
war der fort. Da schob er seine dicke
Mütze langsam ab. Dann sang er lob.

1912

Verkündigung über den Hirten

… einer neigte sich der Kronenblonden,
welcher ihre Sanftheit selig sprach, –
und, umrauscht von seidenen Rotonden,
gingen ihm die vielen Engel nach.

Kamen zu den Herden mit den Hirten,
und die Landschaft lag in Abendruh.
Helft uns weiter, weil wir uns verirrten!
sangen sie den fremden Männern zu.

Und die Hirten waren aufgestanden,
und die dunklen Herden schwankten schwer, –
und die Engel kamen hinterher,
wachsend und in faltigen Gewanden …

Verkündigung über den Hirten

Seht auf, ihr Männer. Männer dort am Feuer,
die ihr den grenzenlosen Himmel kennt,
Sterndeuter, hierher! Seht, ich bin ein neuer
steigender Stern. Mein ganzes Wesen brennt
und strahlt so stark und ist so ungeheuer
voll Licht, dass mir das tiefe Firmament
nicht mehr genügt. Lasst meinen Glanz hinein
in euer Dasein: Oh, die dunklen Blicke,
die dunklen Herzen, nächtige Geschicke
die euch erfüllen. Hirten, wie allein
bin ich in euch. Auf einmal wird mir Raum.
Stauntet ihr nicht: der große Brotfruchtbaum
warf einen Schatten. Ja, das kam von mir.
Ihr Unerschrockenen, o wüsstet ihr,
wie jetzt auf eurem schauenden Gesichte
die Zukunft scheint. In diesem starken Lichte
wird viel geschehen. Euch vertrau ich's, denn
ihr seid verschwiegen; euch Gradgläubigen
redet hier alles. Glut und Regen spricht,

der Vögel Zug, der Wind und was ihr seid,
keins überwiegt und wächst zur Eitelkeit
sich mästend an. Ihr haltet nicht
die Dinge auf im Zwischenraum der Brust
um sie zu quälen. So wie seine Lust
durch einen Engel strömt, so treibt durch euch
das Irdische. Und wenn ein Dorngesträuch
aufflammte plötzlich, dürfte noch aus ihm
der Ewige euch rufen, Cherubim,
wenn sie geruhten neben eurer Herde
einherzuschreiten, wunderten euch nicht:
ihr stürztet euch auf euer Angesicht,
betetet an und nenntet dies die Erde.

Doch dieses war. Nun soll ein Neues sein,
von dem der Erdkreis ringender sich weitet.
Was ist ein Dörnicht uns: Gott fühlt sich ein
in einer Jungfrau Schoß. Ich bin der Schein
von ihrer Innigkeit, der euch geleitet.

1912

Weihnacht

Die Winterstürme durchdringen
die Welt mit wütender Macht. –
Da – – sinkt auf schneeigen Schwingen
die tannenduftende Nacht …

Da schwebt beim Scheine der Kerzen
ganz leis nur, kaum, dass du's meinst,
durch arme irrende Herzen
der Glaube – ganz so wie einst …

Da schimmern im Auge Tränen,
du fliehst die Freude – und weinst,
der Kindheit gedenkst du mit Sehnen,
oh, wär es noch so wie einst! …

Du weinst! … die Glocken erklingen –
es sinkt in festlicher Pracht
herab auf schneeigen Schwingen
die tannenduftende Nacht.

Der Tiergarten in Berlin mit dem Blick zur Siegessäule im Winter. Der Tiergarten wurde bereits 1527 von Kurprinz Joachim dem Jüngeren angelegt und diente zuerst als Jagdgebiet. Friedrich der Große gestaltete die grüne Oase dann zu einem öffentlich zugänglichen, barocken Garten um. Die Siegessäule wurde nach den preußischen Siegen gegen Dänemark, Österreich und Frankreich Ende des 19. Jahrhunderts errichtet. Ab Ende Juli 1898 lebt Rilke in Berlin Schmargendorf. In dieser Zeit erscheinen die Gedichtsammlung „Advent“ und der Prosaband „Am Leben hin“.

Meine liebe gute Mama, wir haben nie viel geredet unter dem Christbaum. So soll es auch heute sein, zumal das Reden auf dem Papier nicht einmal die Illusion von Nähe hervorruft. Und die sollst Du haben, das heißt mehr als die Illusion, – die Sicherheit, dass ich Dir nahe bin an diesem Abend, den Du mir, seit ich ihn zum ersten Mal erlebte, geschmückt und durch Beweise Deiner Liebe und Güte reich gemacht hast! Und Du sollst mich nahe empfinden, weil ich Dir mein neues Buch schenke und auf diese Weise mit dem Besten, was ich bis jetzt errungen habe und geworden bin, zu Dir komme, mit viel mehr als nur mit meinem Körper und Gesicht, mit viel mehr als meiner Seele: – mit einer Potenz meiner Kraft und Liebe, mit einem Teil meiner tiefen Frömmigkeit, mit einem Stück meiner Zukunft. – Das Buch „Vom lieben Gott" … ist alles das. Nimm es gut auf und lass es das vollbringen am Heiligen Abend, was ich hier wünsche. Erkenne mich darin, liebe Mama.
Ich sage nicht mehr, – ich lege nur einfach mein Buch unter den kleinen Christbaum, oder dort

auf das kleine Tischchen, wo die singenden Engel stehen und wo Du mir im vorigen Jahr die Fülle Deiner Gaben ausgebreitet hast. Siehst Du, man kann es ruhig aussprechen, denn ich bin wieder da, wie im Vorjahr, nur nicht gehetzt, nicht zu bestimmter Stunde kommend oder forteilend, ich bin an diesem Abend ganz leise überall in Deiner Stube, ohne Hast und voll teilnehmender Liebe. Und ich gehe nur fort, wenn Du anfängst traurig zu sein … Aber das tust Du nicht, nicht wahr – denn: Mein Buch ist voll Zuversicht und Licht! Außerdem, mehr als Scherz, noch eine kleine Gabe: Ein Büchlein von Josef Victor von Scheffel zur Erinnerung an unsere Fahrt nach Toblino! Nimms gut auf (…)

An die Mutter. 22. Dezember 1900 aus Berlin

Ich denke auch nicht mehr Weihnachten zu halten und zu fühlen, als vielleicht jenen kleinen Augenblick, da es einen aus dem Innern herauf in seiner eigentümlichen Rührung mahnt, solange mags das Recht behalten, auf das es sich so weit zurück jedes Mal zu berufen scheint.

An Anita Forrer. 22. Dezember 1920

Weihnachten ist der stillste Tag im Jahr
da hörst du alle Herzen gehn und schlagen
wie Uhren, welche Abendstunden sagen:
Weihnachten ist der stillste Tag im Jahr,
da werden alle Kinderaugen groß,
als ob die Dinge wüchsen, die sie schauen,
und mütterlicher werden alle Frauen
und alle Kinderaugen werden groß.
Da musst du draußen gehn im weiten Land
willst du die Weihnacht sehn, die unversehrte,
als ob dein Sinn der Städte nie begehrte,
so musst du draußen gehn im weiten Land.
Dort dämmern große Himmel über dir,
die auf entfernten, weißen Wäldern ruhen,
die Wege wachsen unter deinen Schuhen
und große Himmel dämmern über dir.
Und in den großen Himmeln steht ein Stern
ganz aufgeblüht zu selten großer Helle,
die Fernen nähern sich wie eine Welle
und in den großen Himmeln steht ein Stern.

1901

Wer Vertrauen hat ist stark, und diese stille Weihnachtsstunde ist von denen, die Kraft verleihen können, weil sie voll Wunder ist und voll Geheimnis. Und man muss nur still und einsam und geduldig genug sein, um die Gnade einer solchen Stunde in sich aufzunehmen, die in viele nicht eingeht, weil kleines Geräusch in ihnen ist und keine Ordnung. Es liegt schließlich alles daran, dass wir uns an das Große halten, an das, was wir allein in unserem Herzen erleben und was niemand stören kann. Wenn wir uns in den Stunden großer Sammlung und Erhebung sagen, dass das das Leben ist, was sich so zitternd und festlich in uns rührt und unseren Blick blendet mit großen glänzenden, tiefherkommenden Tränen, – dann wird die kleine Wirrnis, die uns umgibt, das Tägliche und Trübe uns nicht mehr irremachen; mit mitleidiger Nachsicht werden wir es ertragen und wenn wir auch leiden unter der Last, sie wird uns nicht geringer machen als Gott uns will …

An die Mutter. 20. Dezember 1903 aus Rom

Blick auf das winterliche München mit der Frauenkirche und den Alpen im Hintergrund. Rainer Maria Rilke studierte 1896 Kunstgeschichte in München und schloss in diesem Jahr Bekanntschaft mit Jakob Wassermann und Wilhelm von Scholz. In den Kriegsjahren 1914 und 1916 weilte Rilke noch einmal in der bayrischen Hauptstadt.

Geburt Christi

Hättest du der Einfalt nicht, wie sollte
dir geschehn, was jetzt die Nacht erhellt?
Sieh, der Gott, der über Völkern grollte,
macht sich mild und kommt in dir zur Welt.

Hast du dir ihn größer vorgestellt?

Was ist Größe? Quer durch alle Maße,
die er durchstreicht, geht sein grades Los.
Selbst ein Stern hat keine solche Straße.
Siehst du, diese Könige sind groß,

und sie schleppen dir vor deinen Schoß

Schätze, die sie für die größten halten,
und du staunst vielleicht bei dieser Gift –:
aber schau in deines Tuches Falten,
wie er jetzt schon alles übertrifft.

Aller Amber, den man weit verschifft,

jeder Goldschmuck und das Luftgewürze,
das sich trübend in die Sinne streut:
alles dieses war von rascher Kürze,
und am Ende hat man es bereut.

Aber (du wirst sehen): Er erfreut.

1912

Du weißt, was mir in meiner frühen Kindheit Weihnachten war; selbst noch dann, als die Militärschule mir ein wunderloses, hartes, unbegreiflich boshaftes Leben so glaubhaft vortäuschte, dass mir keine andere neben jener unverschuldeten Wirklichkeit möglich schien; selbst dann noch war Weihnachten wirklich und war das, was mit einer Erfüllung herankam, die über alle Wünsche hinausging, und wenn es über die äußersten letzten nie noch gewünschten hinaus war, dann begann es erst recht, dann faltete es, das bisher gegangen war, Flügel aus und flog, flog, bis es nicht mehr zu sehen war und man nur noch die Richtung wusste, in dem großen fließenden Licht. Und alles das hatte noch immer, immer noch Macht über mich. Und in jedem dieser Jahre, wenn ich für uns oder für Ruth ein Weihnachten aufbaute, so verachtete ich ein wenig mein Gebautes, weil es so weit hinter jenem Wunder zurückblieb, von dem ich wusste …

An Clara Rilke. 19. Dezember 1906 aus Capri

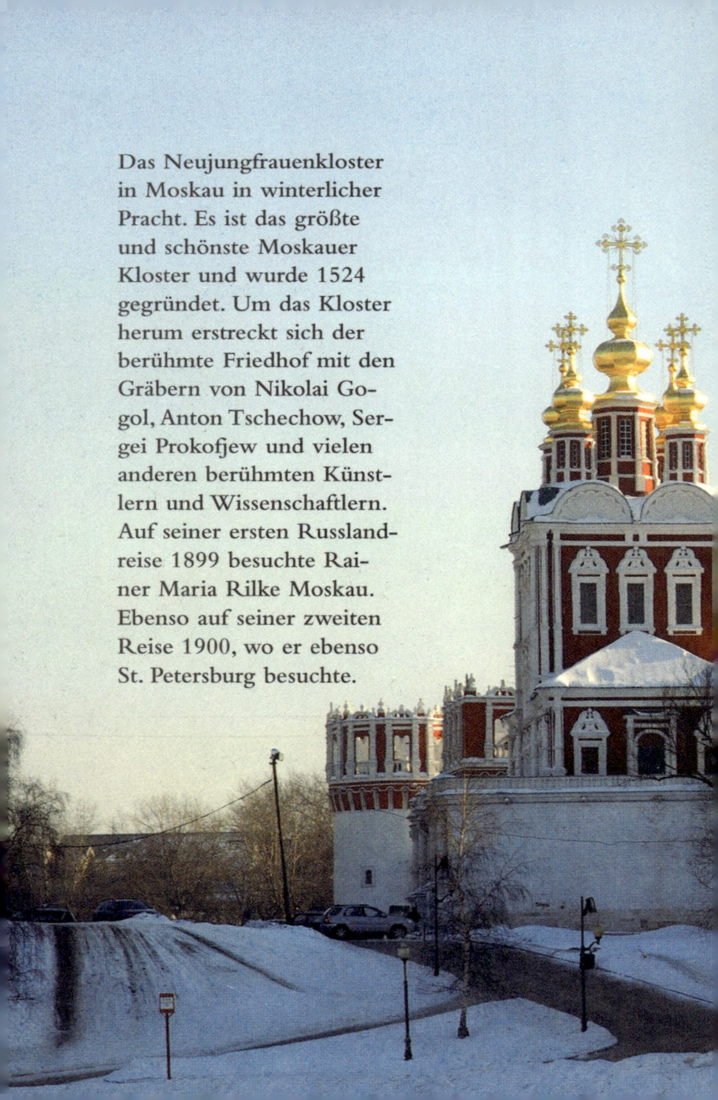

Das Neujungfrauenkloster in Moskau in winterlicher Pracht. Es ist das größte und schönste Moskauer Kloster und wurde 1524 gegründet. Um das Kloster herum erstreckt sich der berühmte Friedhof mit den Gräbern von Nikolai Gogol, Anton Tschechow, Sergei Prokofjew und vielen anderen berühmten Künstlern und Wissenschaftlern. Auf seiner ersten Russlandreise 1899 besuchte Rainer Maria Rilke Moskau. Ebenso auf seiner zweiten Reise 1900, wo er ebenso St. Petersburg besuchte.

Nach vielen langen Regentagen mit schweren, fallenden Himmeln hebt hier eine Art von Frühling an; Duft kommt aus den Büschen, und die Lorbeerbäume, die der Mittag erwärmt, riechen nach ersten Sommertagen. Es gibt Sträucher, an denen die langen Kätzchen hängen, und andere Sträucher, die morgen blühen werden, wenn die Nacht so sanft ist wie diese letzten Nächte, die im wachsenden Monde langsam und milde vergangen sind. Und dabei ist Weihnacht nah; die Leute sagen es wenigstens, und kommt man abends in die überhellen Straßen der Stadt, so ist das Gedränge groß, und die Schaufenster schimmern. Hier aber in dem großen Garten, in dem wir wohnen, wird nicht Weihnacht sein; ein Tag wird kommen, hell und strahlend, und wird vergehen, und ein Frühlingsabend wird sein, ein Abend mit fernen dämmernden Himmeln, aus denen plötzlich alle Sterne brechen, alle die vielen Sterne, die über südlichen Gärten leben.

Für uns aber wird dieser Abend nur eine stille Stunde sein, nichts mehr; wir werden in dem entlegenen kleinen Gartenhaus sitzen und an jene denken, die Weihnacht haben; an unsere kleine liebe Ruth und an uns, als ob wir selbst noch irgendwo die Kinder wären, die wir einmal waren, – die wartenden, frohbangen Weihnachtskinder, auf die die großen Überraschungen zukommen wie Engel aus Innen und Außen; wie Kinder, die das Dunkel jener Abende, die dem einen Abend vorangingen, fürchteten und liebten; die fühlten, wie klein in jenen Dezembertagen, die das Fest vorbereiteten, der Kreis der Lampe war und wie immer geheimnisvoller die Stube ringsum sich verlor, so dass man gar nicht sagen konnte, wo ihre Wände waren und ob man nicht an einem runden Tische mitten im Walde saß ... Bis dann alles Dunkel sich in Glanz verwandelte, so dass man auch die geringsten Dinge glänzen sah.

Aber damit alles dies geschehen konnte, mussten große Winde gewesen sein, lange Nächte, in denen der Sturm alles war, musste man überstanden haben, – Nächte und Tage, die verhangen waren, halb hell und schwach, wie ein Verzögern des Morgens nur, bis an den frühen Abend hin, alles, bis zu jenem großen stillen Schneefall, der fiel und fiel und machte,

dass die Welt sich leiser bewegte, der Tag geräuschloser lief und Nacht heimlicher kam – –
Aber da wir so nördlicher Dinge gedenken, die mit unserem Kindsein sehr verflochten sind, sind wir Ihnen, meine liebe Freundin, mit dem Herzen nah: wir stellen uns das kleine Haus vor, in dem Sie jetzt wohnen und schreiben, bei der Lampe an einem schönen Buche schreiben, das wir einmal lesen werden; und stellen uns vor, dass es tief und allein im großen Winter liegt, Ihr kleines Haus, in dem die lieben ererbten Möbel und die gewohnten Dinge freundlich stehen, und dass es eine echte, wirkliche Weihnacht haben wird.

An Ellen Key. 22. Dezember 1903 aus Rom

VII

Meine liebe gute Mama, alle unsere innigsten Gedanken zu der stillen Stunde Deines Weihnachtens. Ich lese in Deinem Brief dankbar Dein Versprechen, mutig und stark zu sein und den Abend so zu verbringen, dass Du in Deinem Alleinsein meine herzliche Nähe empfindest und alle Geborgenheit, die Dein frommes Gefühl Dir verschafft, indem es sich nicht aller Sehnsucht und Hingabe in die Fülle aller Gefühle flüchtet: In die unerschöpfliche Herrlichkeit und Erhebung tiefer unbeirrter Anbetung. Und Du weißt ja, wie sehr wir uns auch dort, in gemeinsamer Verständigung wiederfinden, und wie sehr Dein Alleinsein auf einer Anzahl tiefer Beziehungen beruht, die vielleicht nur von denen, die allein sind in solcher Stärke ausgehen können. Möchtest Du, liebe Mama, in solchen Empfindungen und inneren herzlichen Sicherheiten die stillste Stunde verbringen, die jene weihnachtliche Stunde ist. Ich denke von Herzen zu Dir hin, ohne mich von der Entfernung beirren zu lassen; um sechs Uhr öffne ich das Kuvert, das in Deinem lieben eingeschriebenen Briefe lag und Du wirst zur gleichen Zeit die kleine Sendung öffnen, die ich heute abschicke. Dann wird die kleine Ruth ihren Weihnachtsbaum bewundern und ihr Fest feiern, zu dem die Sachen, die Deine Fürsorge ihr zugedacht hat, das Meiste beitragen werden. Aus Deinem lieben Brief weiß ich ja nun schon, wie lieb Du an uns gedacht und wie sehr Du für jeden *das* ausfindig gemacht hast, was ihm am meisten Freude bereitet. Lieben herzlichen Dank für alles. Ich bin sicher, dass Clara über den englischen Flanell sehr glücklich sein wird: da ihr gerade ein Morgenkleid sehr fehlt, könnte ihr wirklich kein lieberes Geschenk gegeben werden. Und Ruth hat ja, weiß Gott, eine lange Liste: das Piqueekleidchen wird besonders reizend für sie sein, und ich sehe schon, wie sehr die Pastellstifte ihren Wünschen entsprechen: Es gibt nichts, was ihr über das Zeichnen und Schreiben geht.

An die Mutter. 21. Dezember 1907 aus Oberneuland

Weihnachtslied

Weihnacht: Ei, dass wir Kinder sind,
heute sind wir's gern.
Kommt, wir wollen dem Jesuskind
zeigen seinen Stern.

Wir sind größer, wir sehn ihn schon
stehn überm Schein der Stadt.
Schnell, sonst weint er, der Gottessohn,
weil er kein Sternlein hat.

Also, meine liebe Mama, einen herzlichsten Kuss in der feierlichen Weihnachtsstunde, der stillsten im Jahr, der heimlichsten, in der immer noch im Unsichtbaren sich Wünsche bis zum Äußersten anspannen und wunderbar erfüllen: verbringe sie in einer tiefen großen Sammlung Deines Herzens, lass allen Zweifel und alles Nichtverstehen aus, wir haben eine Stelle in uns an diesem Abend wo wir einfach Kind sind, das erwartet, vertraut und unbeirrt dasteht in seinem Recht auf große Freude: dies ist Weihnachten, einmal im Jahr diese Erwartung in sich fühlen, dieses feste durch nichts enttäuschbare Anrecht, – fühlen, dass das Erwachsene, das jetzt über uns ist, nicht weniger, nein, mit viel mehr, mit Unendlichem uns überraschen will, dass im Grunde unsere größten Wünsche, wenn wir sie nur recht ins Herz fassen, nicht unerfüllt bleiben können, dass wir gar keinen Moment den *Wunsch*, sondern eigentlich immer schon eine kleine Erfüllung in uns tragen, die wir der Pflege Gottes überlassen müssen …

An die Mutter. 19. Dezember 1910 aus Tunis

Winter am Fuß des Eiffelturms in Paris. Viele Male kam Rainer Maria Rilke in die französische Hauptstadt. Zum ersten Mal 1902, wo er auch seinen langjährigen Freund Rodin zum ersten Mal traf und 1905 dessen Sekretär wurde. Auch nach seinem Zerwürfnis mit Rodin besuchte Rainer Maria Rilke fast jedes Jahr bis zum Ausbruch des Krieges Paris. Zum letzten Mal weilte er 1926, kurz vor seinem Tod, noch einmal in seiner geliebten Stadt.

Am 24. hab ich im Stillen an Sie gedacht, wie's verabredet war. Ich las (ganz unerwartet kam's dazu) Bossuet's Totenrede auf Madame Henriette d'Angleterre, darüber wurde es spät, das Haus war still, aber man kann's nie wissen, was noch kommt. Fast schon im Einschlafen, bekam ich noch einmal Weihnachten ins Bewusstsein: in dem hohen Atelierfenster, das ich, von meinem Schlafzimmer aus, in einiger Entfernung gegenüber habe, – ging, nach und nach, das volle Sternbild eines Christbaums auf und, zusammen mit den Glocken der Mitternachtsmette, wirkte diese liebe Erscheinung unverdient herüber, bis ich sie leise in den Schlaf hineinlöste.

An Sidonie Nádherný von Borutin.
26. Dezember 1913 aus Paris

Vor Weihnachten 1914

1

Da kommst du nun, du altes zahmes Fest,
und willst, an mein einstiges Herz gepresst,
getröstet sein. Ich soll dir sagen: du
bist immer noch die Seligkeit von einst
und ich bin wieder dunkles Kind und tu
die stillen Augen auf, in die du scheinst.
Gewiss, gewiss. Doch damals, da ich's war,
und du mich schön erschrecktest, wenn die Türen
aufsprangen – und dein wunderbar
nicht länger zu verhaltendes Verführen
sich stürzte über mich wie die Gefahr
reißender Freuden: damals selbst, empfand
ich damals *dich*? Um jeden Gegenstand
nach dem ich griff, war Schein von deinem Scheine,
doch plötzlich ward aus ihm und meiner Hand
ein neues Ding, das bange, fast gemeine
Ding, das besitzen heißt. Und ich erschrak.

O wie doch alles, eh ich es berührte,
so rein und leicht in meinem Anschaun lag.
Und wenn es auch zum Eigentum verführte,
noch war es keins. Noch haftete ihm nicht
mein Handeln an; mein Missverstehn; mein Wollen
es solle etwas sein, was es nicht *war*.
Noch war es klar
und klärte mein Gesicht.
Noch fiel es nicht, noch kam es nicht ins Rollen,
noch war es nicht das Ding, das widerspricht.
Da stand ich zögernd vor dem wundervollen
Un-Eigentum .....

2

(......... Oh, dass ich nun vor dir
so stünde, Welt, so stünde, ohne Ende
anschauender. Und heb ich je die Hände
so lege nichts hinein; denn ich verlier.

Doch lass durch mich wie durch die Luft den Flug
der Vögel gehen. Lass mich, wie aus Schatten

und Wind gemischt, dem schwebenden Bezug
kühl fühlbar sein. Die Dinge, die wir hatten,

(oh sieh sie an, wie sie uns nachschaun) nie
erholen sie sich ganz. Nie nimmt sie wieder
der reine Raum. Die Schwere unsrer Glieder,
was an uns Abschied ist, kommt über sie.)

3

Auch dieses Fest lass los, mein Herz. Wo sind
Beweise, dass es dir gehört? Wie Wind
aufsteht und etwas biegt und etwas drängt,
so fängt in dir ein Fühlen an und geht
wohin? drängt was? biegt was? Und drüber
übersteht,
unfühlbar, Welt. Was willst du feiern, wenn
die Festlichkeit der Engel dir entweicht?
Was willst du fühlen? Ach, dein Fühlen reicht
vom Weinenden zum Nicht-mehr-Weinenden.
Doch drüber sind, unfühlbar, Himmel leicht
von zahllos Engeln. Dir unfühlbar. Du
kennst nur den Nicht-Schmerz. Die Sekunde
Ruh
zwischen zwei Schmerzen. Kennst den kleinen
Schlaf
im Lager der ermüdeten Geschicke.
Oh wie dich, Herz, vom ersten Augenblicke
das Übermaß des Daseins übertraf.
Du fühltest auf. Da türmte sich vor dir
zu Fühlendes: ein Ding, zwei Dinge, vier

bereite Dinge. Schönes Lächeln stand
in einem Antlitz. Wie erkannt
sah eine Blume zu dir auf. Da flog
ein Vogel durch dich hin wie durch die Luft.
Und war dein Blick zu voll, so kam ein Duft,
und war es Dufts genug, so bog ein Ton
sich dir ans Ohr . . . Schon
wähltest du und winktest: dieses nicht.
Und dein Besitz ward sichtbar am Verzicht.
Bang wie ein Sohn ging manches von dir fort
und sah sich lange um, und sieht von dort,
wo du nicht fühlst, noch immer her. O dass
du immer wieder wehren musst: genug,
statt *mehr!* zu rufen, statt Bezug
in dich zu reißen, wie der Abgrund Bäche?
Schwächliches Herz. Was soll ein Herz aus
Schwäche?
Heißt Herz-sein nicht Bewältigung?
Dass aus dem Tier-Kreis mir mit einem Sprung
der Steinbock auf mein Herzgebirge spränge.
Geht nicht durch mich der Sterne Schwung?
Umfass ich nicht das weltische Gedränge?
Was bin ich hier? Was war ich jung?

Was ich Dir wünsche, liebe Mama, ist, dass an diesem weihevollen Abend, das Erinnern aller Not, ja das Bewusstsein der nahen Sorge und Unsicherheit des Daseins ganz aufgehalten und gewissermaßen aufgelöst sein möchte in jenem innersten Wissen um die Gnade, der ja keine Zeit zu dicht im Verhängnis und keine Bangheit so verschlossen ist, dass sie nicht zu *ihrer* Zeit – die *nicht* die unsrige ist! – einzutreten und das scheinbar Unüberwindliche mit ihrem milden Sieg zu durchdringen wüsste. Es gibt keinen Moment im langen Jahre, wo man sich ihre immerfort mögliche Erscheinung und dann Allgegenwärtigkeit so lebhaft ins Gemüt zu rufen vermöchte, wie diese über die Jahrhunderte hin unabhängige Winter-Nacht, die durch die unvergleichliche Hinzukunft jenes alle Wesen umwandelnden Kindes die Summe aller übrigen Erdenmächte an Wert mit einem Schlag überwog und übertraf. Mag der leichte Sommer, wo das Dasein um ein Beträchtliches erträglicher und mühloser scheint, wo wir nicht so unmittelbar Anfeindung aus der Luft und aus der heiter beschäftigten Natur uns zu erwehren haben –, mag der glücklichere Sommer uns mit Tröstungen verwöhnen, – was sind sie alle gegen die unermesslichen Trost-Schätze dieser außen unscheinbaren, ja armen Nacht, die nach innen zu plötzlich offen steht, wie ein Alle umfassendes und wärmendes Herz und die wirklich mit Schlägen ihres glockentönigen Herzens antwortet auf unser Hinein-Horchen in den innersten Gewahrsam!

Alle Verkündigungen der Vorzeit reichten nicht hin, *diese* Nacht anzusagen, alle Hymnen, die zu ihrem Preise gesungen worden sind, reichten nicht an die Stille und Spannung heran, in der Hirten und Könige niederknieten –, so wie ja auch wir, keiner von uns, je imstande gewesen ist, während diese Wunder-Nacht ihm geschieht, die Maße seines Lebens anzugeben.

Es ist so recht das Mysterium von dem knieenden, von dem tief knienden Menschen: dass er größer sei, seiner geistigen Natur nach, als der stehende! welches in dieser Nacht gefeiert wird! Der Knieende, der sich ganz ans Knien gibt, verliert allerdings das Maß seiner Umgebung, selbst aufschauend wüsste er nicht mehr zu sagen, was groß und

was klein ist. Aber ob er gleich in seiner Abgebogenheit kaum die Höhe eines Kindes hat, so ist er, dieser Kniende, doch nicht klein zu nennen. Mit ihm verschiebt sich die Skala, denn er, indem er der eigentümlichen Schwere und Kraft in seinen Knien folgt, und die Stellung einnimmt, die sich zu ihnen hinbezieht, gehört bereits zu jener Welt, in der Höhe – Tiefe ist, – und wenn schon Höhe unserem Blick und unseren Apparaten unermesslich bleibt –: wer ermäße die Tiefe?
Dieses aber ist die Nacht der aufgetanen strahlenden Tiefe. – oder – ?

An die Mutter. 17. Dezember 1920
aus Schloss Berg am Irchel

Lass uns wie immer in diesem Moment der vielfachen Bedrängnis (...) unrecht geben; in diesem Augenblick sei sie nichts als Vorläufiges, Vergängliches, – und was ihr gegenüber aufgeht und sie überwiegt, sei jenes Innerste in uns, das von ihr unberührt geblieben ist, jene tiefste, reinste Mitte unserer Natur, aus der uns zeitlebens nichts als Schutz gekommen ist, Stille und Überwältigung zur Zuversicht. Dort, im Zentrum seines Gemüts, das ihm selber sooft unzugänglich bleibt, feiert der Christ Weihnachten, und sein Fest hängt einzig daran, ob er sich die Gnade erhalten hat, dort, in seinem Allerinnersten eintreten, dort einen Augenblick still sein, dort auf eine unsäglich feierliche Art zu Hause sein zu dürfen.

(...) auch Dir, die Du ja immer die unbeirrbare Stärke hast, den Weg in jene innere Helle zu finden, in der nun Weihnachten wird, in diesem ganzen inneren Augenblick –, auch Dir wird es, obwohl von Außen die Sorgen Dich so viele näher bedrängen, nicht schwer sein, Dich auf den reinsten und lautersten Platz im inneren Gemüt zurückzuziehen, um dort das Mysterium des kleinen Heilands zu feiern, dessen Macht damals am herrlichsten und unschuldigsten war, da er schon in der Krippe lag: zur Welt gekommen –, und die Welt noch nicht zu ihm. *So* darf ihn heute, wer ein stilles, nicht zu sehr flackerndes Herzlicht hat, gewahren und anstaunen und anbeten!

An die Mutter. Am letzten Adventssonntag 1921 aus Muzot

Es ist heute der Abend vom Wunder zu reden, angesichts des Wunders der heiligen Krippe (...)! So lass uns, liebe Mama, auch heute, wie seit Jahrzehnten, wie in meiner kleinsten Kindheit, staunend und freudig vor diesem heiligen Geheimnis vereinigt sein: wie sehr der gute Papa das Geschenkzimmer vorzubereiten wusste, so dass das Kinderherz hoch aufschlug beim Aufspringen der Flügeltür und meinte, wie von einer Welle der Erfüllung überwältigt zu sein. Aber wie viel gewaltiger noch, je mehr dieses eine kindliche Herz wächst und zunimmt, wie ungeheuer überlegen auch noch in ihm, dem erwachsensten Herzen, bleibt diese verschwenderische jede seiner Erwartungen überfüllende Welle, wenn sie nun nicht mehr aus dem heimlich ausgestatteten, plötzlich eröffneten Zimmer, nicht mehr vom übervollen Gabentisch, sondern von der kleinsten unscheinbarsten Stelle herüberschlägt, an der wir das Weihnachtslicht anzünden. Die Erscheinung des lieblichen Wunders durfte kleiner, geringer werden, weil wir dahingekommen sind, über dem mindesten Zeichen seiner Gegenwart, den ganzen

Glanz *in* uns, in unserem festlichen, geordneten Gemüt wahrzunehmen. Die Bescherung hat draußen nur ein Tischchen für sich, aber die lange Tafel der Erfüllungen steht nun in unserem Herzen, umgeben von einem Glanz, der auch noch die Erinnerung an den schönsten Christbaum der Kindheit übertrifft.

An die Mutter. 18. Dezember 1922 aus Muzot

Gebet

Nacht, stille Nacht, in die verwoben sind
ganz weiße Dinge, rote, bunte Dinge,
verstreute Farben, die erhoben sind
zu Einem Dunkel Einer Stille, – bringe
doch mich auch in Beziehung zu dem Vielen,
das du erwirbst und überredest. Spielen
denn meine Sinne noch zu sehr mit Licht?
Würde sich denn mein Angesicht
noch immer störend von den Gegenständen
abheben? Urteile nach meinen Händen:
Liegen sie nicht wie Werkzeug da und Ding?
Ist nicht der Ring selbst schlicht
an meiner Hand, und liegt das Licht
nicht ganz so, voll Vertrauen, über ihnen, –
als ob sie Wege wären, die, beschienen,
nicht anders sich verzweigen, als im Dunkel? …

1900

Das Schloss Chillon liegt südöstlich vom Montreux am Genfer See. Die ältesten Bauten stammen noch aus dem 11. Jahrhundert. In der Nähe von Chillon, im Sanatorium Valmont sur Territet bei Montreux, verbrachte Rainer Maria Rilke die letzte Zeit vor seinem Tod im Jahr 1926.

Lass uns, wie jedes Jahr, auch heuer, in unseren vertrauten Erinnerungen Umschau halten, bis wir uns dort nebeneinander finden, wo wir beieinander auf dem Betschemel knien, Du voraus- und mitwissend, die Überraschungen kennend, denen mein hochaufklopfendes Herz noch, ahnend und uneingeweiht, gegenübersteht. Mir scheint, wenn wir uns immer wieder in jene Situation zurückversetzen, die uns beiden im Gemüt und Gefühl geblieben ist, so dass wir ihre besondere Spannung und Reinheit mit keiner anderen Spannung oder Lauterkeit des inneren Erlebens vergleichen oder verwechseln könnten –, so sind wir sicher, ins Herz, in die Mitte der lieben starken Weihnacht zu geraten, dorthin, wo die Krippe steht und genau unter den großen Stern, der die ersten Anbeter zu ihr geführt hat. Lass uns denn knien, und lass uns anbeten und uns freuen mit der großen Freude, die ausreicht, in den Winterhimmeln den Glanz und die Wärme zu ersetzen, die mit dem Sommer und Herbst verschwunden scheinen; da geht schon die innige Seelensonne auf das Jesuskind, und verspricht *seine* Jahreszeiten in unsern Herzen. Auch diese Sonne, deren stillen Aufgang in die verschneite Nacht zu legen, eine der vertraulichsten und innigsten Absichten Gottes war, diese Sonne, einmal in ihrer Bahn angetreten, beginnt ihren Kreislauf im Innenraum unserer Natur, auch sie geht ihren Weg über dem Wachstum unseres Gefühls, unseres Vertrauens und unseres Glaubens, – auch sie ist in ihrem Bereich, wie jene andere in der sichtbaren Welt, die große, die unwidersprechliche Erweckerin alles Blühens und die Gestalterin und Vollenderin unserer Früchte. Aber auch sie verändert, ähnlich der Weltensonne, ihren Abstand zu uns, auch sie mutet uns, von Wolken überzogen oder über anderen Hemisphären strahlend, einen langen Winter zu, Wintertage ohne den Beistand ihres Lichts und ihrer Glut ... Und selbst wenn sie sich, übermächtiges Gestirn, uns völlig gönnt, sind wir nicht fähig, ihre Gnaden zu empfangen, teils wegen unserer Hinfälligkeit, teils weil die Stärke ihres Glanzes uns mit einem Zuviel von Feuer zu blenden droht. Drum halten wir so fest an dieser weihnachtlichen Gnaden-Macht: weil, hier, in ihrem kindlichen Aufgang, diese reiche und herrliche Sonne noch so viel Mildigkeit besitzt, dass wir sie, hingegeben, aushalten, dass wir vermögen, sie anzusehen und anzustaunen und wahrhaftig in ihrer Gegenwart zu sein. Alle anderen Male ist es der Glaube, der uns zu ihr helfen muss, hier aber, wo sie fast hilfsbedürftig scheint im Schoß ihres lieblichen Ursprungs, da genügt die bloße empfangende und einsehende, ja eine fast nur ruhende Liebe, um ihre Göttlichkeit auf uns zu lenken und uns unterzuhalten unter ihren Überfluss.

An die Mutter. 17. Dezember 1924 aus Val-Mont

Meine liebe Mama, wenn Du diese Zeilen liest, ist unsere Sechs-Uhr-Stunde wieder, über ein Jahr, in ihre alten Rechte getreten: fühle, dass ich da bin sie mit Dir zu feiern! So nah an der Heinrichsgasse: ich denke immer, wenn Du Dich hinein hörst, müssten noch die Glocken vernehmlich sein, die Papa im spannendsten Augenblick auf so festliche ankündende Art zu läuten wusste. Ich glaube, alle Freuden meines Lebens haben *diese* Stimme gehabt, so wie alle, zu welcher Zeit des Jahres, sie mich auch treffen mochten, an Weihnachten denken ließen: so sehr ist jene Erfüllung, jene Reihe von Erfüllungen, die ich einst unter dem strahlenden Christbaum vorfand, atemlos, mit bis in den Hals klopfendem Herzen, maßgebend geblieben für alle Beschenkungen, später, des Lebens! Und sie muss ausreichen diese alte frühe, in mein Herz so gut wie in Deines, eingepflanzte Freude, uns die über alle Entfernung gemeinsame Stunde lieb und hell zu machen. Wenn mein Dasein später, unter dem furchtbaren Druck der Militärschule, gewissermaßen in meine eigenen, oft so schwachen und ratlosen Hände überging –, damals, zur Zeit jener Weihnachten, hielt ich es noch nicht, gab es Euch aber, Dir und Papa, manchmal zu halten, und es ist sicher bestimmend für mich geworden, dass Ihr fähig und entschlossen wart, es dann unter dem Schutze und Glanze dieses Festes so hoch als möglich in den Jubel hinaufzuheben, in jenen Jubel, der mir die Engel geschenkt hat, deren Bewusstsein, weit entfernt mir verloren zu gehen, auf allen Stufen des Lebens mit mir gewachsen ist! Und so seien es heute die kleinen, an mir gemessen doch damals schon so großmächtigen Engel unserer alten Weihnacht, die ich bitte, meine liebe Mama, von unserem Gedenken zu wissen und mit ihrer leichten Gegenwart sich zu teilen zwischen Deinem und meinem Gabentisch, zwischen Deiner und meiner Einsamkeit. Wir knien zu gleicher Zeit, in der gleichen Erinnerung, hineingerückt, jeder von seiner Seite her, in das Licht der gleichen Christ-Nachts-Gnade: und so knien wir nebeneinander. Schließ mich ein in Dein aufopferndes Gebet, in seine Festlichkeit und Frohheit, zu der Du, gehorsam, von der Krippe Anlass um Anlass nimmst, und lass mich Dir sagen, wie ich Deinen

Mut im innersten Herzen bewundere, der Dich »Weihnachten« fühlen und feiern lässt in Einsamkeit und mancher Sorge, ohne dass eine Ablenkung oder Entbehrung Dein Gefühl stören kann; so groß ist die Schenkung, die ihm immer wieder von dem erneuten kindlichen Heiland zukommt, so groß aber auch seine Fähigkeit, mit den wirklichen Werten des Herzens beschenkt zu sein!

An die Mutter. Vor Weihnachten 1925 aus Muzot

Die Heiligen drei Könige

Legende

Einst als am Saum der Wüsten sich
auftat die Hand des Herrn
wie eine Frucht, die sommerlich
verkündet ihren Kern,
da war ein Wunder: Fern
erkannten und begrüßten sich
drei Könige und ein Stern.

Drei Könige von Unterwegs
und der Stern Überall,
die zogen alle (überlegs!)
so rechts ein Rex und links ein Rex
zu einem stillen Stall.

Was brachten die nicht alles mit
zum Stall von Bethlehem!
Weithin erklirrte jeder Schritt,

und der auf einem Rappen ritt,
saß samten und bequem.
Und der zu seiner Rechten ging,
der war ein goldner Mann,
und der zu seiner Linken fing
mit Schwung und Schwing
und Klang und Kling
aus einem runden Silberding,
das wiegend und in Ringen hing,
ganz blau zu rauchen an.
Da lachte der Stern Überall
so seltsam über sie,
und lief voraus und stand am Stall
und sagte zu Marie:

Da bring ich eine Wanderschaft
aus vieler Fremde her.
Drei Könige mit Magenkraft,
von Gold und Topas schwer
und dunkel, tumb und heidenhaft, –
erschrick mir nicht zu sehr.
Sie haben alle drei zu Haus
zwölf Töchter, keinen Sohn,

so bitten sie sich deinen aus
als Sonne ihres Himmelblaus
und Trost für ihren Thron.
Doch musst du nicht gleich glauben: bloß
ein Funkelfürst und Heidenscheich
sei deines Sohnes Los.
Bedenk, der Weg ist groß.
Sie wandern lange, Hirten gleich,
inzwischen fällt ihr reifes Reich
weiß Gott wem in den Schoß.
Und während hier, wie Westwind warm,
der Ochs ihr Ohr umschnaubt,
sind sie vielleicht schon alle arm
und so wie ohne Haupt.
Drum mach mit deinem Lächeln licht
die Wirrnis, die sie sind,
und wende du dein Angesicht
nach Aufgang und dein Kind;
dort liegt in blauen Linien,
was jeder dir verließ:
Smaragda und Rubinien
und die Tale von Türkis.

1906

Rast auf der Flucht in Ägypten

Diese, die noch eben atemlos
flohen mitten aus dem Kindermorden:
o wie waren sie unmerklich groß
über ihrer Wanderschaft geworden.

Kaum noch dass im scheuen Rückwärtsschauen
ihres Schreckens Not zergangen war,
und schon brachten sie auf ihrem grauen
Maultier ganze Städte in Gefahr;

denn so wie sie, klein im großen Land,
– fast ein Nichts – den starken Tempeln nahten,
platzten alle Götzen wie verraten
und verloren völlig den Verstand.

Ist es denkbar, dass von ihrem Gange
alles so verzweifelt sich erbost?
und sie wurden vor sich selber bange,

nur das Kind war namenlos getrost.
Immerhin, sie mussten sich darüber
eine Weile setzen. Doch da ging –
sieh: der Baum, der still sie überhing,
wie ein Dienender zu ihnen über:

er verneigte sich. Derselbe Baum,
dessen Kränze toten Pharaonen
für das Ewige die Stirnen schonen,
neigte sich. Er fühlte neue Kronen
blühen. Und sie saßen wie im Traum.

1912

Zeittafel

1875 Am 4. Dezember wird Rainer Maria Rilke in Prag geboren.

1882 Eintritt in die Piaristen-Volksschule in Prag.

1886 Zögling der Militär-Unterrealschule in St. Pölten.

1891 Besuch der Handelsschule in Linz.

1894 Sein erstes Buch „Leben und Lieder“ erscheint.

1895 Studium der Kunst- und Literaturgeschichte in seiner Heimatstadt Prag.

1896 Fortsetzung des Jurastudiums in München.

1897 Uraufführung seines ersten Stückes „Im Frühfrost" in Prag.

1898 Bekanntschaft mit Heinrich Vogeler in Florenz, sowie mit Stefan George.

1897 Umzug nach Berlin.

1899 Reise nach Moskau und St. Petersburg. Begegnungen mit Tolstoi und Pasternak. Es entsteht der erste Band des Stundenbuches unter dem Titel: „Die Gebete".

1900 Zweite Russlandreise nach Moskau, Kiew und St. Petersburg. Im Herbst lernt er Paula Modersohn-Becker in Worpswede kennen.

1901 Umzug nach Worpswede und Heirat mit Clara Westhoff.
Am 12. Dezember wird die Tochter Ruth geboren.

1902 Übersiedlung nach Paris und erste Begegnung mit Rodin.

1905 Sekretär bei Rodin.
Im Herbst erscheint das „Stunden-Buch“.

1906 Zerwürfnis mit Rodin und Reise nach Capri.
Sein berühmtestes Werk „Die Weise von Liebe und Tod des Cornets Christoph Rilke“ erscheint.

1908 Rückkehr nach Paris.
Es erscheinen seine neuen Gedichtbände.

1910 Schlussredaktion seines Buches „Die Aufzeichnungen des Malte Laurids Brigge“ in Leipzig.

1912–1914 Reisen nach Venedig, Spanien und 1914 Rückkehr nach Deutschland, wo er aufgrund des Kriegsausbruchs bis 1918 bleiben muss.

1919 Reise in die Schweiz.

1921 Einzug in das Château de Muzot im Wallis.

1922/23 Seine berühmten Gedichtsammlungen „Duineser Elegien“ und „Die Sonette an Orpheus“ erscheinen.

1923 Aufenthalt im Sanatorium Val-Mont in der Schweiz.

1925/26 Letzte Reise nach Paris.

1926 Am 29. Dezember stirbt Rainer Maria Rilke an Leukämie in Val-Mont.

Erläuterungen zu den Fotos

S. 7	© silver-john/Fotolia.de
S. 9	© Uki/Fotolia.de
S. 13	Die Prager Karlsbrücke mit den Brückenheiligen im Winter © courtyardpix/Fotolia.de
S. 18	Die berühmte astronomische Uhr am Altstädter Rathaus in Prag © Vaclav Zilvar/Fotolia.de
S. 20	Blick vom Moldauufer auf der Altstädter Seite zum Hradschin © Kajano/Fotolia.de
S. 23	© Daniel Loretto/Fotolia.de
S. 24/25	© courtyardpix/Fotolia.de
S. 27	Robert Campin, Mérode-Altar, Mitteltafel: Verkündigung (1427/28)
S. 33	© Murat Subatli/Fotolia.de
S. 35	Die Engelsburg in Rom © fabiomax/Fotolia.de

S. 39	© tommypic/Fotolia.de
S. 41	© foto-aldente/Fotolia.de
S. 45	© sborisov/Fotolia.de
S. 46/47	© Claudia Paulussen/Fotolia.de
S. 51	Der Berliner Dom © karnizz/Fotolia.de
S. 53	© Stefan Körber/Fotolia.de
S. 55	Der Petersplatz im weihnachtlichen Schmuck © Fel1ks/Fotolia.de
S. 56/57	© Adamus/Fotolia.de
S. 59	© beawolf/Fotolia.de
S. 61	© Alfred Knapp/Fotolia.de
S. 62/63	© E.O./Fotolia.de
S. 67	© Kevin Browne/Fotolia.de
S. 71	© crimson/Fotolia.de
S. 73	© Bildermehr/Fotolia.de
S. 74/75	© Eka/Fotolia.de
S. 77	Die Kathedrale Notre Dame in Paris im weihnachtlichen Glanz © HIRO/ Fotolia.de
S. 79	Der Eiffelturm im Winter © Ek/ Fotolia.de

S. 81 Paris, Sacré-Coeur © Nicolas Dieppedalle/Fotolia.de

S. 87 © Valery Bareta/Fotolia.de

S. 89 © LiliGraphie/Fotolia.de

S. 93 © Rudolf Alibilt/Fotolia.de

S. 94/95 © Vladimir Mucibabic/Fotolia.de

S. 101 © Netzer Johannes/Fotolia.de

S. 105 Don Lorenzo Monaco, Altartafel der Kirche Sant'Egidio, Anbetung der Könige (1421/22)

S. 107 © Bildermehr/Fotolia.de

S. 108 © picture-alliance/akg-images (2)

Inhaltsverzeichnis